FELIKS GÈP NAN BWA

Feliks Gèp Nan Bwa

Library of Congress Catalog-in Publication data
Feliks Gèp Nan Bwa

Another Classic by Bob Lapierre of
𝕿𝖍𝖊 𝕭𝖔𝖇 𝕷𝖆𝖕𝖎𝖊𝖗𝖗𝖊 𝕿𝖍𝖊𝖆𝖙𝖗𝖊 𝕮𝖔𝖒𝖕𝖆𝖓𝖞 𝕴𝖓𝖈.

Bonjou ti zanmi yo,

Se mwen ankò, Bob Lapierre.

Mwen tounen vin rakonte nou yon lòt ti istwa nan kilti nou, yon istwa ki pa dwe echape nou. Mwen remake se etranje, nan lòt peyi ki, toupatou, nan tout gwo inivèsite aletranje, ap rakonte epi tou ranmase tout sa n ap voye jete.

Jou prezantasyon tèz doktora mwen, m te chita kòtakòt avèk yon lòt kandida ki te pral prezante disètasyon pa li tou, men sou *"Bouki Dances the Kokeliko."* Pa mande mwen si m pa t choke!

Apre mwen te fin rakonte nou yon lis kont lakay, *"Bouki ak Malis"* ou *"Jan Sòt ak Jan Lespri."* Apre mwen te fin byen eksplike nou rezon ki lakòz mwen prese ranmase trezò literè nou yo tankou *Choukoun*, *Antwàn Lan Gomye*, *Tezen*, elatriye, mwen ta renmen rakonte nou yon lòt ti istwa mwen te viv lè m te jenn tibway ap jwe nan raje, nan chan kann, bannann, mayi ak pitimi, nan ravin, sou lakolin, anba pye mòn, sou tèt mòn, sou lateras, sou pye bwa, anba pye bwa, nan gwòt, bò larivyè, sou laplaj, avèk "ti" zanmi m yo, myèl, gèp, cheni, zandolit, mabouya, ti yaya (grenouy), kribich, chadron, lasigal, papiyon, pyelou, poudbwa, vètè, foumi, krikèt, elatriye. Sa a, se istwa Ti Feliks gèp nan bwa.

Piga nou ri non, lè mwen di nou, mwen te genyen zanmi myèl avèk gèp. Se yon verite. Sepandan, mwen pa p konseye nou al chache fè zanmi avèk de ensèk sa yo, paske alaverite, yo pa konn fè zanmi avèk moun.

Lè mwen t ap grandi, te genyen yon mesye pye kounan ki te rele Aspirin. Li pa te konn li ni ekri, men li te yon filozòf san papye. Aspirin te konn grenpe sou tout pye bwa, ata sou Masuife – Masuife a se te yon poto elektrik byen wo (100 pye), yo te sire l avèk suif, lè w eseye monte sou li, se pou glise desann. Msye sa a te tèlman maton nan monte pye bwa, pandan twa premye janvye afile, Aspirin te rive pran lajan sou tèt "Ma-suife" nan mitan Channmas. –

Ebyen, se te menm Aspirin sa a ki te toujou konn vin netwaye jaden, keyi kokoye, korosòl ak kachiman nan lakou lakay mwen. Apa de Aspirin, mwen pa te konnen yon lòt moun ki ta janm pran chans monte sou pye bwa sa yo, tèlman se te kay ak nich myèl ak gèp. Pou mwen byen eksplike nou sa, se Aspirin ki te montre mwen sekrè fè zanmi avèk myèl epi gèp.

Sekrè a te tèlman byen mache, mwen te rive bati yon kay, pou mwen sèl, sou yon gwo pye Bwadòm ki te chaje avèk nich gèp epi yon esen myèl nan fant branch li yo. Mwen sonje, lè gran-moun te konn ap kouri dèyè m pou yo kale m, pye Bwadòm sa a te anbasad pa mwen.

Se te yon fèy lyann, ou te fwote l sou kò w, lè w pase kote myèl ak gèp yo, yo pa t okipe w. Y ap poze sou ou; yo pa p pike w.

Istwa mwen pral rakonte nou la a, se menm Aspirin sa a tou ki te rakonte mwen li. Kite m separe l avèk nou.

Se istwa Ti Feliks, yon gèp nan bwa.

Nan istwa Ti Feliks la, n ap kapab tire de leson enpòtan, youn se "Don se don," epi lòt la se "Medyokrite pa peye."

Vwala se te yon gèp ki te rele Ti Feliks.

Zami li yo te ba li yon ti non jwèt, "Ti Fefe."

Tout rèv Ti Fefe se pou li te konn bati kay.

Men, li sanble, Ti Fefe te yon ti tèt chofe, paske li te vle fè tout bagay alafwa.

Lè yo di w gen tèt chofe, sa vle di ou pa vrèman fin konn kisa w vle.

Sepandan, de pwojè ki te pi enpòtan
pou Ti Fefe se te konn fè siwo tankou
Myèl epi konn bati kay tankou enjenyè.

Chak fwa Ti Fefe te eseye fè siwo,
siwo a te toujou soti swa brak oubyen
anmè!

Chak fwa li te eseye konstwi yon
kay, li te bati kay la tèt anba.

Se konsa, yon jou, Solis, yon monomk Ti Feliks, te ba li konsèy,

"Men Fefe, poukisa ou pa ale lekòl pou aprann tout sa w ta renmen konn fè? Ou genyen don, se vre, men w ap bezwen ekspètiz tou. Neve mwen, si m di w, wa konn pase m. Pa genyen tankou al chita sou yon ban lekòl pou aprann fè sa w renmen."

Ti Feliks te koute nonk li, Solis. Li te ale lekòl, pou l al aprann Jeni Sivil.

Lè Ti Fefe te rive lekòl, kay pwofesè Dewoulo, yon Myèl, li te pami pi bon elèv yo, paske li te vle konnen.

Men, yon mwa apre, Ti Fefe te koumanse dekouraje. Lè li te vin reaylize, pou vin yon pwofesyonèl, sa te mande anpil etid ak anpil sakrifis epi tou, sa te pran tan.

Ti Fefe pa te fin twò dakò avèk pakèt travay lekòl mande, tankou chimi, fizik ak matematik. Li pa te reyalise, pou vin yon enjenyè sa te pran tan ak etid. Ti Fefe te leve koken.

Avan pwofesè a te bat bouch li, Ti Fefe te gentan twò konnen. Atitid konesè sa a te vin dekouraje mèt Dewoulo avèk elèv li.

Pwofesè Dewoulo, te eksplike Ti Feliks,

"Atitid ou adopte la a, se yon atitid medyòk. Ou konn sa yon medyòk ye? Yon medyòk se yon boukannen ki pa fin byen kuit."

Pwofesè a te repete li sa klè,

"Se pa manti, "Demi kuit sove; konsonmen peri." Nan tan n ap viv la a, maji ak don pa p sifi pou met manje sou tab."

Soti nan bezik
A, B, C, epi 2+2 egal,
nou pral antre dirèk dirèk
nan chimi ak fizik.

Pawòl sa a te sanble antre nan yon zòrèy, epi li te soti nan yon lòt. Feliks, te reyaji san rezonnman. Li te rete kwè, tout sa yon lòt moun ka fè, li te kapab fè l tou. Se konsa, Ti Fefe te kite lekòl pou li te al pran yon dyòb fòmann.

Yon jou, pandan Ti Feliks te sou wout pou li ale lakay li, li te vin rankontre avèk yon gwoup fanm. Chak medam yo te genyen yon ti bebe sou bra li.

Li te mande yo,
"Ki kote nou prale avèk ti bebe sa yo? Epitou, pouki sa figi nou tris konsa a?"

Rèn nan te reponn li.
"Èske w pa wè kisa lezòm fè? Yo boule kay nou pou yo bati kay pa yo. Yo koupe tout pyebwa, epi ranplase yo ak zèb. Yo anpwazonnen tout plantasyon, yon fason pou yo detwi lakoloni."

Ti Feliks te genyen bon kè. Li te yon bon ti patriyòt tou.

Li di medam yo, *"suiv mwen."*

Li pase chèche de lòt zanmi ki te vin ba li kout men. Fanm yo tou te ede.

Nan yon kwen anba chak fetay kay nan vilaj la, Ti Fefe ak kolonn li an te demontre talan batisè yo.

Yo te brase mòtye, kase brik, koupe planch. Gèp yo te travay san rete avèk kouraj, lajounen kou lannuit.

Fòmann Feliks te bati bèl ti kay an papye, se vre. Men, se sèlman bebe yo ki te kapab antre epi kouche nan chanm yo. Espas yo te twò piti. Manman yo pa te kapab antre. Se pou menm rezon sa a, tout gèp sou chantye, kit li te fòmann, mason, brasè mòtye, kit li te chapantye, bati kay pou ti bebe.

Fanm yo, tankou travayè yo, oblije dòmi deyò pou yo sa veye sou bebe yo.

Yo rele gwoup gèp sa yo santinèl.

Lè yon gèp bobo w (pike w) twò pre nich li, konnen se youn nan femèl yo. Se pou rezon sa a devinèt la di,

"Abelina bèl fanm, men se domaj li kriminèl."

Kounye, a, Ti Fefe kapab bati kay, men fwa sila a tèt anlè, men pou ti be-be. Li te kwè vre li te fin rive.

Ti Feliks desann lavil al chache dyòb nan konstriksyon.

Lè li te rive, sa li te wè, li pa t sa pale. Li te wè yon bann bitasyon ki ap grate vant syèl la, konstriksyon sou konstriksyon.

Malgretou, Ti Fefe te pouse odas, li te al mande travay kòm bòs mason.

Yo te mande li yon diplòm oswa yon prèv li konn fè metye a.

Ti Feliks te anbarase, li te grate tèt li. Li sot aprann yon gwo leson. Li te vin wè erè l, epi li di,

"Pwofesè Dewoulo te genyen rezon. Kounye a, mwen se yon boukannen ki ta pito bouyi!"

Èske dapre oumenm ki li ti istwa sa a, Ti Fefe genyen yon chans rekòmanse?

Wi, paske li pa janm twò ta pou yon moun aprann.

Dayè, menm lè yon moun save, li pa janm fin twò konnen.

Pou tout timoun ak granmoun ki te kanpe nan wout e ki ta renmen rekòmanse, ankouraje, paske solèy la vrèman klere pou tout moun.

Solèy la klere pou tout moun.

Ki kalite Gèp Feliks ye?

Genyen anpil diferan kalite Gèp, sitou Gèp-papye tankou Feliks.

Toudabò, yo rele yo Gèp-papye paske yo fè nich pa yo ak papye-mache yo fabrike avèk saliv yo. Se Rèn nan ki depose ze yo anndan nich la.

Feliks limenm, ki se yon gèp anpil moun konnen an Ayiti, fasil pou rekonèt. Li pa ni Gèp-panyòl ki, pètèt, se pi gwo gèp sou zile a, ni Gèp-ginen ki, pètèt ankò, se pi piti gèp nou konn wè. Apre sa, genyen Jakètjòn ki ta pi vle sanble avèk Feliks, men li pi gwo epi tou antèn li nwa.

Kontrèman avèk Jakètjòn, koloni Feliks la, se li yo rele Gèp-papye, ti ren li fen, dèyè li avèk anch li mens anpi tou pwent antèn li koulè po zoranj, jan nou wè li nan liv la. Lè feliks ap vole, pye li yo plonje desann, tandike pye lezòt la yo rete kole sou kò yo.

Nich Gèp-papye yo sanble avèk gato myèl oswa yon parapli. Yo renmen fwi, epi tankou Myèl ak Papiyon, yo souse flè.

Gèp papye pa agresif tankou Jakètjòn yo ki toujou sou la defansif. Gèp-papye dosil epi yo toujou chache evite moun. Sepandan, si w konprann ou pral anmède nich yo, y ap pike w, pa sèlman yon fwa, men tout otan ou nan chimen yo.